KB242115

오지선다형에게

오지선다형에게

2025년 10월 17일 초판 1쇄 인쇄
2025년 10월 28일 초판 1쇄 발행

지은이 | 배인숙
펴낸이 | 孫貞順

펴낸곳 | 도서출판 작가
　　　　(03756) 서울 서대문구 북아현로6길 50
　　　　전화 | 02)365—8111~2　팩스 | 02)365—8110
　　　　이메일 | cultura@cultura.co.kr
　　　　홈페이지 | www.cultura.co.kr
　　　　등록번호 | 제13—630호(2000. 2. 9.)

편집 | 손희 김치성 설재원
디자인 | 오경은 이동홍
영업 | 박영민
관리 | 이용승

ISBN 979-11-94366-95-9 03810

* 잘못된 책은 구입하신 서점에서 바꾸어 드립니다.

값 12,000원

작가기획시선 045

오지선다형에게

배인숙 시조집

작가

시조단에 이름을 올린 지 올해로 스무 해입니다.
철모르고 첫 시집을 내고… 오랜 시간이 흘러갔지만
한 번도 이 길을 놓친 적은 없습니다.
걷다 보면 엇길이고 가다 보면 샛길이었으나,
시조와의 동행은 언제나 기쁨이었음을 고백합니다.

묵정밭을 일구는 심정으로
앞으로도 기꺼이 헤매면서 바람만바람만 가겠습니다.

2025년 가을, 배인숙

차 례

4부
홍정으로 웃는 가격

1부

지친 등을 쓸어주네

아지랑이

수 없이 골을 패던 물결이 잦아들어
애타던 무자맥질도 한동안 뜸했습니다
겨울은 길었습니다 말수를 줄였습니다

짚고 갈 것, 덮어 둘 일 안으로 삭이며
묵직한 산그림자 그대로 품어 안으니
말귀를 알아듣는 봄 이제야 오셨습니다

초상화

이것저것 안 가리고 마음대로 보았다고

들은 말 못 삭이고 그냥 흘려 버렸다고

반 뼘의 그늘이 내린 내 얼굴을 보아라

어느새 서너 갈래 잔주름을 들여놓은

거울 속 한 여자가 자꾸만 낯이 설다

날짜가 지난 계약서, 잉크 몇 점 번져 있는

묵

늦은 저녁 불빛 아래 온 식구가 둘러앉아

떫은 맛은 떫게 두고 빗나가는 젓가락질

아무리
가두리쳐도
너처럼 안 잡히는

물의 율격

그믐밤 냇가에 앉아 홀로 듣는 물소리는

세상의 모서리를 둥글게 풀어낸다

서로가
몸을 낮추며
앞뒤 길을 살펴준다

누군가를 향하여 세운 날이 있다면

한밤중 물소리에 귀를 씻을 일이다

무채색
순한 경전이
가슴을 채우리니

도숨

엇모리, 자진모리 장단을 따라가다

굽이쳐 아스라이 가풀막 재 오를 때

점 찍듯
들이키는 숨
그런 향기 같은 것

오르막길 내리막길 인생 고개 몇 구비를

숨차게 넘어가다 쉰 목이 메어올 때

약속에
없는 숨결을
뉘 몰래 뱉는 것

비밀번호

손가락만 스쳐 가도 화르르 몸을 떨며

참았던 제 기억을 쏟아 놓고 마는구나

다시는 잊지 말라고, 눈 감고도 오시라고

혹여 누가 알아볼까 나를 걸어 잠근 공간

검지로 눌러 보는 아라비아 숫자 몇 개

이토록 환히 열리듯 네 가슴도 열렸으면

젖줄

산구비 몇 만 리를
쩡쩡 울며 달려온 눈발

가지마다 탱탱하게
젖이 불은 소나무야

해종일
받아먹으니
몸이 늘 푸르구나

커서

사거리 약속 장소
깜박이는 비상등

붐비는 사람 속
나를 찾는 눈동자

부르면
곁에 와 주던
속정 깊은 엄마처럼

마스크를 읽다

이제 와 알 것 같다
모두 다 비상이다

혀 밑에 칼 숨기고
놀려대던 입들에게

할 말 좀 가려하라고
입에 차는 기저귀

연중무휴

피와 살을 나눴다는
그 말을 알 것 같네

끈끈한 그 무엇이
온 몸을 타고 내려

손톱 밑 바늘 찔린 듯
이리도 아릿한가

참 마음 두는 곳은
천릿길도 지척인 것

널 향한 나침반은
한 방향만 긋고 있어

휴일도 내부 수리도
생각할 틈이 없지

스펀지를 닮다

양손 가득 쥐었어도 어딘지 허전하다

꽉 채우고 또 채우는 내 가슴 속 숨은 방에

바람길 숭숭 뚫린다 귀도 솔솔 열어 놓고

비워 낸 곳곳마다 살팍진 마음자리

쏟아진 물만 먹고도 배고픔 전혀 없이

기꺼이 온몸을 열어 그 무게를 받아 안는다

필터 갈기

우리 사는 웅덩이는 불순물만 고여 들어

흡반의 몸뚱이에 끝도 없이 달라붙는다

물줄기 길목을 막고 붉은 등을 켜 든다

무심히 걷는 발에 풀도 흙도 짓밟히고

무심히 던진 말에 대못을 치는 가슴

무심히 지은 죄목이 새까맣게 적혀 있다

홍옥을 따며

헛말의 소나기와 땡볕의 회초리에
수 없이 귀를 막고 울음을 삼켜내야

비로소
사과 한 알이
제 이름을 얻는다

붉어질 때를 알고 바람이 다녀가고
사랑도 어지간히 단물이 배일쯤에

익어서
그리운 열매가
내 손안에 안긴다

달팽이

집이 무어길래
평생 지고 사는 건지

더듬이 더듬더듬
골라 가며 발을 디뎌

오늘도 메마른 땅을
목을 늘여가는 나

측백 향기

암벽 틈서리에 뿌리를 내린 채로

저렇듯 담담하게 식솔을 거느리다니

참으로 긍정의 자세 못난 나를 가르치네

비바람 땡볕에도 깨금발 딛고 서서

오가는 이 불러 세워 그늘막 드리우며

세상일 별것 없다고 지친 등을 쓸어 주네

케이블카

날개는 숨겨 놓고
가슴은 활짝 열고

공중을 가로질러
하늘길을 끌고 간다

덜커덕, 줄에 매달려
벗어날 수 없는 새

번개 치고,

서슬 푸른 불씨의 혼 순간 등을 치네요

귀먹고 눈멀어서 허물어질 때까지

벼랑 끝
뛰어내려요
아득한 혼절의 순간

당신 눈에 번쩍 띄어 오도 가도 못하고

한 자리 굳어진 채 천둥으로 울었으니

이제는
받아 주세요
한여름이 가기 전에

목백일홍 아래

말씀도 적으시고 친구도 별반 없이

한걸음 나앉은 채로 외롭던 울 아버지

여기서 무슨 소원을 오래도록 빌었을까

열흘 붉은 꽃 없어도 백날 피는 마음 있어

다 타도 불씨는 남아 당신 그늘 뜨거운데

접질린 무릎 세우던 근육들이 꿈틀댄다

옥수수 단심丹心

눈뜨는 씨방 가득 숨결마다 현을 골라
팍팍한 가슴께로 사근사근 스미는 음音
구름도 눈을 감는 밤 그림자도 잠들어요

온전히 영글어서 당신 앞에 서기까지
수줍어 붉은 수염 장옷으로 다 가리고
달빛이 치근덕대도 마음 열지 않았지요

장마 지나 뙤약볕에 몸살 난 듯 달아올라
알알이 익힌 몸을 열뜨리고 싶을 즈음
두 손을 가지런히 모아 껴안아 주시네요

주방 풍속도

이래저래 시달린 몸 간뎅이도 부은 게지
양은 냄비 멱살을 잡고 인정사정 볼 것 없이
한 덩이
철수세미가
맹활약 하고 있다

끓다가 끓이다가 가슴까지 다 타버린
눈칫밥도 이력이 난 쭈그러진 부엌데기
땟국물
죄다 벗으니
속살 저리 고왔구나

스마트 떡집

손안에 조물조물 휴대폰은 떡 방앗간
인터넷 홈페이지 앱 깔고 접수하기
먼 나라 딴 세상 얘기 따끈하게 빚어내지

채팅방 곳곳마다 흰 절편 무지개떡
사진을 대신하는 이모티콘 올라온다
수다로 이어지는 통화 가래떡이 뽑히지

먼 나라 사는 친구 반가운 페이스톡
맛있는 상차림을 서로가 공유하며
하루치 일용할 양식 익히고 뜸들이지

파도꽃

1

하루종일 흰 물결을 겹쳤다가 펼치다가
종이접기 놀이하듯 파도 접기 한창이다
갯바위 안개꽃 너머 섬 둘레 저 메밀꽃

2

볕살 일렁이며 봄산이 밀물진다
연초록 물결 위에 진달래 포말들이
산자락 덮치고 있다 꽃물결이 드높다

극세사 이부자리

그냥 저를 믿고 품에 들여 주신다면

멍울을 훑어가며 실오라기 뽑겠습니다

무량한 햇살만 모아 가닥가닥 엮겠습니다

앙금이 남지 않게 지난날도 거릅니다

가지런히 받아 내려 순전히 내린 숨결

눈 오고 바람불어도 두렵지 않습니다

붐*

각을 잡던 하루해를 헐렁하게 풀어제끼면,
화면 속 낭중지추 웃음보가 터진다
뜨거운 흥의 도가니 이 시대 찰리 채플린

콧수염에 색안경 급한 대로 분장하고
마이크로 피리 불고 의자 놓고 드럼 치는
익살꾼 어릿광대로 코로나를 건너왔다

* 방송인

저녁 식탁*

가을 들녘 두엄 냄새 발묵潑墨으로 번져 드는,

식탁에 잿빛등이 어둑해도 따스하다

한 쟁반 삶은 감자로 둘러앉은 식구들

휘어지는 등줄기에 얹혀 온 어스름이

투박한 손등 위를 오래도록 풀어준다

따르는 찻잔 둘레로 도란대는 기도소리

* 빈센트 반 고흐 '감자 먹는 사람들'

재래시장 숲

제 몫의 햇살 한 뼘, 그만큼의 비바람에

더러는 생가지가 꺾이기도 하는 거지

달가운 단비만 먹고 나무들이 컸겠는가

오래된 시장터에 한 그루씩 사람나무

스무 해 나이테에 둥치도 어지간한

손님들 오갈 때마다 광합성이 한창이다

늦여름

거창 들판 내달리며 여름 쫓는 빗줄기에

발갛게 단 복더위도 흠칫 놀라는 눈치

이마를 훤히 제끼며 제 속내를 식힌다

아래로 그어 내리는 천干의 끼 천天의 손길

계절을 가늠하는 신명 난 붓놀림에

다홍빛 꼭지를 물고 초록이 순해진다

매화

42

등을 돌려 가더라도 절대 울지 않기

서릿바람 속에서도 첫 약속 변치 않기

저린 몸 담금질하며 눈발 속에 홀로 핀

돈 크라이, 우크라이나

어젯밤 꿈이기를 한 편의 영화이길
퍼붓는 폭탄 속에 가족을 잃어버린
아무도 어린아이를 책임지지 못했다

불러봐도 답이 없는 어둠 속을 질척이며
목이 쉰 울음 물고 비틀대는 발걸음들
책가방 가슴에 품고 국경선을 넘었다

내 이름은 컴맹

스무고개 넘어간다 자판 위를 굼실굼실

물설고 낯선 이곳 자벌레 한 마리가

까막눈
끔뻑거리며
첩첩산중 들어섰다

디지털 홍수 속에 빠져서 허우적대다

쉽고도 가까운 길 눈앞에서 다 놓치고

날마다
먼 길 떠난다
세월이야 가든 말든,

양배추 밭

참말 외로웠나 보다
가랑비 잦은 저녁

앙다문 저 입술이
이랑마다 포개진다

그 속에 꽉 찬 길 있어
한눈팔 겨를 없다

민초들이 지킨 정신
흙덩이를 끌어안고

당신 꼭 쥔 주먹처럼
잘도 자란 달덩이

뭉쳐야 산다고 하신
그 분이 앉아 있다

성토대회

열흘 남짓 잇는 목숨 애 터질 일 뭐 있다고

이른 아침 회의장에 말매미들 모두 모여

언성을
저리 높인다
갈라지는 무더위

3부

잔설 뚫고 나온 봄

오지선다형에게

열심히 살아가라고
제대로 찾아보라고

'마'까지 슬쩍 얹고
매섭게 지켜본다

가짜에
진짜는 하나,
찾을 수 있나 본다

폭죽

칠흑의 밤하늘로 오시는 이가 있네

한입 가득 불씨 물고 토해내는 저 얼굴

지상엔 없는 꽃들을 허공에 피워내며

사랑도 저와 같이 한 번의 열림으로

순간을 빛내느라 평생을 허무는 일

그 모습 아직 그대로 내게 남은 이가 있네

줄탁동시啐啄同時

산고의 신음소리 봄비가 다가와서

유록빛 잎눈 사이 한 입 한 입 쪼아댄다

발차기 시작하면서 잔설 뚫고 나온 봄

소沼

열자 물길 속은 누구라도 안다기에

거친 내 몸 닦아내며 뛰어든 길이었다

웅덩이 깊은 저 속내 읽어볼 요량으로

멍 자국 누가 볼까 물기둥이 휘어 돌다

숨차게 내달린 뒤 평온함이 온다면서

물소리 숨을 고르며 나직하게 일러주는

생방송

빨간 불이 들어오자 긋고 가는 초침 소리
막이 오른 가설무대 절대치 시간 위를
우리는 연습도 없이
드라마를 연기한다

캄캄하고 좁은 속내 비집고 마주 앉아
맨드랍게 품어 안을까 뾰족하게 받아칠까
마음보 너덜하도록
몰아치는 소용돌이

한 발 놓쳐 뒤질세라 가쁜 숨이 턱에 차도
긴장일랑 풀지 말고 표정은 자연스럽게
맞물린 톱니에 갇혀
우리 모두 배우가 된다

완두콩 형제

내 고향 안지랭이 여섯의 우리 남매
대문채 사글세 집이 육간대청 궁궐이라
단칸방 쭉 쭉 늘이며 온 가족이 끼여 잤다

그늘 아래 오디 마냥 제대로 익지 못하고
가난만 반질반질 꼬투리 속 오밀조밀
구석진 보금자리에 입술들만 파랬지

콩죽에 보리밥도 더운 김에 달기만 한
시끌벅적 웃음으로 모난 자리 서로 깎던
지금도 한데 모이면 떠나갈 듯 도삽질이다

저 배롱나무 보소

겁도 없다 하늘 가득
올라가 피었구나

늦여름 무더위에
어질머리 불타는 몸

난 몰라
철부지 꽃들
고집도 센 저 꽃 좀 봐

스치는 손끝에도
호들갑이 이만저만

땡볕에도 당당하게
고개를 들고 있는

뜨겁게
버티는 목숨
저 잘난 꽃들 좀 봐

무싯날

당신한테 시집 와서
비틀걸음 스물다섯 해

달력에 동그라미
오늘이 결혼기념일

은혼식, 내게는 없는
텅 빈 오월 한나절

물티슈의 말

너무나 많은 것을 끝없이 원하시기에

납작하게 엎드린 몸 기꺼이 내줍니다

물이랑 세찬 파고에 젖을 대로 다 젖어서

얼룩덜룩 애증도 문질러 닦으시고

지우고픈 일들일랑 깨끗이 지우세요

이 한 몸 으스러져도 당신 곁에 있으니

꽃사태 지다

단풍잎 다 털어내고 동안거 드시더니
봄빛 문고리를 힘주어 부여잡고
산고를 꾹 참아 내며
꼬물꼬물 슬어놓은 알

그 위에 누가 와서 그림을 그리는가
자연의 빛 물감 풀어 아침저녁 붓질하더니
봄 들녘 사방천지에
펼쳐 놓은 천연 옷감

캘리그라피

글씨에도 몸매 있고 적당한 애교 있어

오늘도 붓을 들고 열심으로 구애 중

네 곁에 장미꽃 하나 여백을 채워가며

창문 밖 느티나무 자명종 설어놓고

잊혀진 언약의 말 푸르게 되짚으면

한줄금 소낙비에도 온종일 등이 휜다

커피 한 잔이

찻물이 끓는 동안 한 올 한 올 많은 생각

여과지에 받쳐 보는 향기 또한 쓸쓸하여

가슴 속 깊은 골까지 삼킨 말을 헹군다

찻잔을 앞에 두고 이렇게 마주 앉으면

갈색으로 짙어 오는 마음의 길목마다

쌉쌀한 씀바귀꽃이 피었다가 지곤 한다

양파를 읽다

함치르르 둥근 꿈이
탱글탱글 여문 몸이

서툰 내 칼질에
팅기듯 삐치더니

매운 내 화끈도 하다
눈물이 쏙, 빠진다

매운탕 열기 속에
지레 한풀 꺾이더니

무르익어 순한 성질
한술 더 떠 달큰한 맛

당신도 그리되려고
내 눈물 쏙, 빼는가요?

폭포 앞에서

내 앞에 놓여진 길 피할 수 없다면

벼랑 끝 홀로 서서 온몸을 내던지리

허공을 끌어안으며 기꺼이 뛰어보리

나부대던 발길질에 앞섶 풀어 길을 열고

가쁜 숨소리도 푸근하게 안아 주리

설움도 한껏 부풀면 춤사위가 되리니

외사랑

잡힐 듯, 놓아줄 듯 애간장 다 녹이고

냉가슴 쓸어가며 기슭에 기댄 내게

동화사 시월 단풍이 밑불을 지피는 밤

온종일 아른대고 밤잠마저 설쳐도

무작정, 무조건의 한결같이 좋기만 한

잠시도 떨칠 수 없는 지순한 마음인데

성격도 까칠하고 쉽게도 토라지고

아무리 맞추려도 어깃장을 놓곤 하니

누가 좀 달래주세요, 저만치 앉은 시조

다이어트

그렇지, 산다는 건
군살을 버리는 일

욕심에 욕심이 얹힌
기름진 속 거품을

스스로 걷어 내는 것
마음까지 씻는 것

4부

흥정으로 웃는 가격

가로등

깊게 허리 꺾으시고 품어 키운 자식 생각

가르마 곱게 타듯 아버지 불을 켜신다

어둠을 지운 골목길 달처럼 환하시네

빈자리 둘레 따라 그리움도 싶어 가서

바람결에 흔들리는 불빛도 여러 갈래

잠 못 든 그날 밤인가 뜬눈으로 서 계신다

목련 안부

그 무슨 적바림에
붓끝 저리 버리시나

대보름 찬 바람결
터진 앞섶 여며가며

한나절 공을 들인다
먼 마음이 닿도록

이제 막 써 내려간
편지 한 장 받으시길

은백색 달그림자
비단결로 삼으시길

다 못 쓴 사연까지도
헤아려 읽으시길

하지夏至

풀 먹인 옥양목을
앞마당에 펼쳤는가

뜨거운 햇살 인두
다림질이 한창이다

접혔던 허리 세우던
울 할매도 저기 있네

동촌 유원지

동촌과 안지랭이 가까이 당겨 가며
제집 드나들 듯 문지방 닳던 시절
내게도
단짝 있었지
잊지 못할 숨결이지

보릿고개 그 시절에 삶은 달걀 들고 와서
살며시 건네던 너 어제이듯 다가온다
계란꽃
저리 피어서
슬며시 배고프네

안마의자, 당신

약손을 지닌 채로 언제라도 대기 상태

주럽에 어둔 몸을 어루만져 맑혀 주는

오늘 밤
나의 피앙세
그 품 안에 파고든다

공기청정기, 엄마

나는 다 괜찮다만 네 목은 좀 어떠냐

먼지를 대신 먹어가며 살뜰히도 챙겨준다

평생을 그리 살고도 다시 또 내게 오신

춘천 바람

한여름 바람인데 내내 소슬하다
갓스물 깎은 머리 젊음도 서러워서
연병장
날리는 태극기
온몸으로 쓰는 편지

"이 세상의 부모 마음 다 같은 마음"
거수경례 받는 순간 눈시울은 복숭아빛
하나가
둘로 나뉘어
너는 가고 나는 오고

천사의 집

이제야 쉼표 찍으며 가쁜 숨 고르는구나
활시위 떠난 시간 옛일도 아득한데
돌무지 헤쳐온 날들
비구름에 얹힌다

도심 속 외로 앉은 요양원의 어느 임종
서걱이는 관절마다 시린 바람이 일고
빈 뜨락 여윈 가슴을
밟고 오는 이슬비

텅 빈 빨랫줄에 맺히는 빗방울들
잡은 것 내려놓고 건망증도 훌훌 털고
마지막 한 벌의 목숨
하늘 바라 벗고 있다

관문시장

대덕산 아랫마을 골안길에 터를 잡은
오고 가는 사람들의 생기가 넘치는 곳
울 엄마 저녁장 보던
발자국도 남아 있다

세상살이 그 어려움 관문을 통과하듯
힘 있게 살아보라고 손잡고 건너라고
좌판을 벌이며 사는
시장통 사람 있다

곳곳의 대표 선수 특산물이 모여들어
투박한 사투리로 족보 자랑, 인물 자랑
잘하면 덤이 얹히는
흥정으로 웃는 가격

더껑이

호박죽 다 끓여 놓고 한 김 빼고 나니

바람 찬 바깥세상 옹송그리는 어린 자식들

행여나 몸을 다칠까 바람막이 하고 있네

펌프우물

두 손 먼저
내밀어도
눈길 한 번 줄듯말듯

마중물로
친히 나가
성중히 모십니다

이제야
받아주네요
콸콸콸 쏟는 참말

민들레처럼

꽃망울 이운 곳엔 바람도 여물어서
까맣게 타버린 가슴 한 줌 재로 사뤄낸다
가벼이
길을 떠난다
가이없는 새털구름

자꾸만 높아가는 집착의 길은 멀다
천근의 내 시름을 한 점씩 덜어내며
까치발
들어올린다
허공 속에 눈을 감고

명자꽃

한세상 밝게 살라는 저 꽃 이름, 명자 씨
성당못 두류공원 긴 화단에 사시네요
된서리 비바람 쳐도 어깨 걸고 발맞추며

뜨건 커피 얼음 콜라 더러 깨진 유리병
매질도 무심해라 발등이 부었지만
이까짓 상처쯤이야 너볏하게 버티시요

거친 숨 고르는 밤 달빛에 고개 들고
짓무른 하루 씻어 영혼까지 다 맑히면
선홍빛 단아한 자태 명자씨가 웃네요

미숫가루처럼

볶으면 고소해진다? 그러면 볶아야지
콩 보리 한데 모아 후끈히 불을 지펴
타다닥 튀어오르다 제풀에 안기도록

향미 다 빠져버린 성글은 내 사랑도
봄볕 환한 마루 끝에 저리 볶아 놓아야지
한 숟갈 입에 넣으면 목젖에 착, 안기도록

옷

처음엔 그럴 듯하게 재단을 한다지만

넘치는 꿈이 많아 가위질만 요란했다

살아온
푼수 대로만
제 멋대로 들쑥날쑥

일생의 매듭일랑 너그러이 풀어놓고

이음 없는 마름질에 넉넉한 품을 잡아

온전히
나 떠난 후에
입혀지리, 옷 한 벌

발 치는 날

절반이 뜯겨 나가고 오두마니 걸린 달력

잰걸음 종종걸음 거두어 챙기느라

느슨한 마음자리를 촘촘하게 엮습니다

통기타 대나무발 세레나데 들려주며

아늑하고 평온하게 그대를 지키리라

한여름 베란다 창에 양팔 벌려 섰습니다

숨기고픈 것들일랑 염려하지 마시옵고

활짝 열어 젖히세요 제가 모두 지킬게요

바람은 하늬바람만 살짝 걸러 보냅니다

5부
불잉걸 오롯하다

바위

가라사대 일흔 번씩 일곱 번을 용서하라*
한 구절 읽어 내리며 비슬산이 여는 말문
할퀴고 뜯긴 속내를 넉넉하게 쓸어주며

장맛비 서릿바람도 등에 업어 얼러주는
오랜 너의 침묵 앞에 무슨 말을 더 얹을까
다 늦게 천둥벌거숭이 무릎 꿇고 앉았다

* 마태복음 18장 22절

글로벌, 글로벌

토박이 우리말도 마파람에 게 눈 감추듯
통일호, 비둘기호 추억 속 열차 이름 총알같이 달려
간다 올라갈 땐 KTX 내려올 땐 XTK 발음을 잘 혀야 혀,
혀를 잘 굴려야 혀, 영희 숙자 정숙이는 어디 다 사라지
고 마리 세라 조이 유행을 따라가며 흐름을 잘 타야 혀,
그게 살아남는 법이여 굴러온 돌이 박힌 돌 뽑는 소리
와라이 뷰티샵 카워시 칵테일바 유행가 노랫말에 우리
말과 외국어가 주거니 받거니 낄 때 안 낄 때 눈치채야
박자 장단이 잘 맞는 법이여

그래야 참, 잘났네 하고 대접받는 세상이여

유학산 그늘 아래

이름도 젊은 날도 뜨겁게 쓰러져 간
총부리에 찍힌 초록 능선마다 펼쳐 놓은
지금도 그날의 일기 낙동강에 서려 있다

밀리다가 밀어내고 빼앗겼다 다시 찾은
칠곡 땅 다부동을 증인으로 산 아버지
땀이 밴 화랑담배는 연기조차 매캐했다

만 폭 병풍 산수화 속 철모는 녹이 슬고
혈맹의 참전 용사 벗들은 간 데 없다
유학산 55일 격전, 연극처럼 끝난 이후

콩 아리랑

숨길 가쁜 오르막 꼬부랑길 아리랑고개

쓰고 달고 시금떨떨 콩 비린내 나는 골목 바쁘다고 허둥지둥 등허리에 콩 튀어도 알콩달콩 재미나게 콩 한 쪽도 나누리오 아리랑 아라리오 아리얼쑤 맛깔 난다 콩 깎지는 덮어쓰고 번갯불에 콩을 볶아 콩고물은 묻혀 먹고 노란 콩은 콩 시루떡 검은콩은 콩조림 호박범벅 울콩 넣고 쌀밥에는 완두콩 싹을 틔운 콩나물 발효 식품 된장 간장 생긴 대로 깜냥대로 쓰리얼쑤 맛깔 난다

메주콩 뭉근히 삶는 날, 동짓바람 후끈하다

출전 선수 납신다

잘난 맛에 사는 세상 제 멋은 따로 있다

눈에 확 들어오는 야광팬티 똥배 쏙 거들팬티 잘 낚
는다 그물 팬티 월화수목 요일팬티 자기랑 나랑 커플
팬티 변강쇠 코끼리팬티 색도 진한 홀애비팬티 은밀하
다 티팬티 아슬아슬 끈팬티 땀이 나서 분리망팬티 바람
나서 통풍팬티 행운 오는 빨강팬티 올려 주는 사크팬
티 돈 나와라 지폐팬티 꼬깃 꼬깃 주머니팬티 자국 없
는 노라인팬티 완전 방수 위생팬티 지릴 때엔 요실금팬
티 많고 많은 팬티 선수 아직 반만 입장했으니 퀸스팬
티 미니팬티 삼베팬티 솜팬티 브이팬티 쫄사각 망사팬
티 레이스팬티 시스루팬티 뽕팬티 입술팬티 홍삼팬티
이곳저곳 불러대니 인기 만점 귀한 몸, 너 잘 나고 나 잘
나서 침 마르는 자랑질에 자연의 멋 황토팬티 헤이즐넛
향기팬티 시원하다 인견팬티 참 따뜻한 기모팬티 폭 폭
삶는 순면팬티 헐렁헐렁 백물팬티 저희끼리 쑥덕쑥덕
건배의 잔 돌아간다

즐거운 속옷 잔칫날 시끌벅적 북새통

분수

대꾸 한 번 못하던
그때 내가 아니야

하늘 살 겨냥한 채
치솟는 이 오기를

숨죽여
바라보는 일
이젠 너의
몫이야

비빔밥

북한산 고사리에 임금님표 이천 쌀밥

'너 없이 난 못살아' 밥과 나물 찰떡궁합 중매장이 고
추장도 발 벗고 나섰는데 반갑다 악수 나누며 남과 북
이 환히 웃네 고소한 맛 달큰한 맛 향도 짙어 깊은 맛 대
표 선수 모두 모여 무치고 볶아내고 지지고 졸여 내어
고루고루 비벼졌네 신비산채 한 양푼

언제쯤 어우러져서 동서남북 안 따질까

유가사 저녁

이승의 질긴 끈을
차마 놓지 못하고

이 저녁 누가 우느냐
절집 부엌 연기처럼

눈물이 바다에 이르는
법고 소리 듣는다

품절이 임박합니다

눈과 귀 훔치는 솜씨 잽싸고 노련하다

데시벨 올라가는 TV속 광고 시간

이 정도 뭐 대수냐며 오리발도 여러가지

아차, 싶은 순간 은근슬쩍 끼워 넣기

이쪽저쪽 눈치 보며 요리조리 피해 가기

요지경 스리슬쩍 고개 알면서도 넘어간다

피고지고

꽃이 폈다 지고 나도
또 다시 핀다 해서

번듯한 이름 대신
피고지고 연보랏빛

우리도
이러했으면
목메는 일 없으련만

청라青蘿언덕

1

오선지 그어 놓은 그 봄날의 노래 한 곡
백합, 튤립 송이송이 음표로 피어 올라
실바람 봄의 교향곡 손풍금이 울리는

2

젊은 피 끓어 올라 구십 계단 뛰어 올라
방천에 방둑 터지듯 깃발은 휘날리고
터져라, 목이 터져라 푸른 날을 세우던

3

남문 앞 약전 골목 제중원이 들어설 때
성령의 잉걸불이 어둠을 사뤄 낸 곳
달구벌 환한 빛줄기 남아 있는 가옥 몇 채

토시를 보며

발령받은 근무지는 일선 지역 최전방

발치마다 적군 부대 24시 비상이다

이 눈치 저 눈치 속에 땟국물 젖는 하루

이제는 풀어지려나 불경기 긴 쇠사슬

받아치랴 방어하랴 소맷부리 다 젖는다

서슬도 퍼런 세상을 저렇듯이 감당하는,

다시 돌아오라, 빛이여

지금 나 숨이 차고 너 역시 숨이 차는
어질머리 이 세상 한눈 팔면 안 된다고
우리는 돌고 돌아서 한 나라를 열었네

온전히 미쳐야 고해를 건넌다고
높은 산 불던 바람 녹음방초 데려와서
휘모리 자지러지게 넘어도 보는 거다

요행이든 다행이든 모두 다 괜찮지만
움켜쥔 욕심 자락 허튼 꿈 떨쳐두고
귀와 눈 열어젖혀라 그날 같은 새날이다

펄펄 끓어 오르더니 햇무리에 옮겨붙어
불이야, 큰불이야! 걷잡을 수 없는 오늘
80돌 광복의 하늘 불잉걸 오롯하다

봄은 쑥쑥

누구 눈치 볼 것 없이 쑤욱, 몸을 내민
파랗고 보드랍게 한 철 봄을 덮고 있는

쑥이다
이 땅의 우린
끈질긴 목숨이다

누천년 뿌리 뻗어 한 잎 한 잎 지은 보약
깊숙하게 내린 속을 쑥쑥 뽑아 올리면

손등에
얹힌 햇살도
그대로 약이 된다

불완전 연소

희나리 한 짐 져다 아궁이불 물립니다

내 몸도 저와 같아 매캐한 속내입니다

가슴팍 훑어 내리는 매운 말씀 뿐입니다

구체와 실존으로 그린 사람살이의 진경
– 배인숙 시조집 『오지선다형에게』

임채성(시인)

탁월한 통찰력과 진지함으로 인간 의식의 문제들을 조명한 알베르 카뮈Albert Camus는 '부조리Absurdity'를 통해 '실존'을 이야기했다. 그는 『시지프 신화Le mythe de Sisyphe』 속 시지프의 반복된 행위에 비춰 삶은 본질적으로 무의미하며 인간은 그 무의미함을 깨닫는 존재라고 했다. 그런 무의미 속에서도 멈추지 않고 살아가는 행위가 곧 '실존'이라는 것이다. 이는 삶의 의미가 인간 존재 안에 있으며, 의미는 외부로부터 주어지는 것이 아닌 끊임없이 살아내는 행위 그 자체에서 생성된다는 주장이다.

시지프가 바위를 산꼭대기로 밀어 올리면 다시 굴러떨어지는 무한 반복의 무의미한 노동, 그것은 하루하루 반복된 일상을 보내면서도 부조리함을 벗어나지 못하는 현대인의 자화상과도 같다. 카뮈는 시지프의 운명을 부조리한 세계에 던져진 우리의 삶에 빗대 인간이 할 수 있는 최선의 반항은 그 삶을 똑바로 직시하며 끝까지 이어 나가는 것이라고 말한다. 그래서 카뮈는 우리에게 시지프를 행복한 사람으로 상상해야 한다고 독려한다. 그 말인즉슨, 순간의 기쁨과 존재의 풍요로움을 느끼며 단순한 삶을 살아야 한다는 것이다. 무의미, 혹은 죽음을 수용하면서도 살아가야 한다는 이러한 통찰은, 시인들에게는 사유나 철학이 아닌 격렬한 감정의 서사를 일으키며 시적 언어로 변주되어 나타나곤 한다.

배인숙 시인이 지향하는 시조 세계도 시지프의 세계와 별반 다르지 않다. "걷다 보면 엇길이고 가다 보면 샛길이었으나" "묵정밭을 일구는 심정으로 앞으로도 기꺼이 헤매면서 바람만바람만 가겠"(「시인의 말」)다는 창작 의지만 봐도 그렇다. 배인숙의 시조는 일상화된 풍경 속에서 삶의 서사를 포착하여 사물에 대한 의미 부여와 기억의 현재화를 시도한다. 이러한 삶의 진정성은 서정시가 가지는 성찰과 모색의 양면성을 실현하는 단단한 디딤돌이 된다. 삶의 구체를 응시하는 그의 시선은 인간 존재에 대한 깊은 이해를 바탕에 깔고 있다. 그러므로 배인숙 시조의 특징은 일상의 질감 위에서 발화한다는 점이다.

그의 시편들은 소재를 멀리서 구하지 않고, 삶의 근거지인 자기 주변의 자연과 사람들, 그리고 과거의 기억을 반추해 사람살이의 구체를 보여주는 경우가 대부분이다.

그는 자연이 가진 무한한 생명력은 인간 삶에 대한 은유이며, 일상에서 쉽게 접할 수 있는 평범한 삶의 풍경들에도 나름의 의미가 깃들어 있다는 입장을 견지한다. 이러한 경향은 서정시의 바탕이 시인 자신의 단단한 세계관과 깊은 관련을 맺고 있음을 잘 보여주는 사례라 하겠다. 그런 까닭에 배인숙 시인의 시조는 화려하게 치장하거나 과장하려 들지 않는다. 오히려 투명한 시선으로 사물과 세계를 응시하며, 자신을 한껏 낮춘 목소리로 과거의 기억과 현재의 일상을 결속해 이어 나간다. 시인이 17년 만에 펴내는 두 번째 시조집 『오지선다형에게』은 삶의 구체와 실존을 기반으로 일상의 표정을 담은 언어의 크로키를 통해, 우리가 쉽게 지나치는 풍경에도 시가 숨어 있음을 일깨워주고 있다. 다시 말해, 사람살이의 외관과 자연물의 생태적 속성을 버무려 인생론적 깊이를 온축하고 있는 것이다.

1. 현실 직시를 통한 자아 진단

시조는 시인의 체험이 시적 상상력을 통해 형상화되는 개인 체험의 산물이다. 그 체험이 작품 안에서 어떤 형태와 색깔로 만들어지느냐는 것은 전적으로 시인에게 달려있다. 사물을 대하는 시각과 관점, 세계관에 따라 주관적 진술의 차원을 넘어 객관적 형상화로 매조지기 때문이다. 보고, 듣고, 맛보고, 느끼는 감각을 통해 지각되는 개인적 체험은 대개 우리 주변의 자연 사물이나 사건 혹은 사

람들과의 관계에서 파생되는 사유를 통해 형상화된다. 배
인숙 시인 또한 일상적 체험 위에서 몰입하는 사유와 감
각적 언어로 진단해 가는 자기 모색의 언어가 돋보인다.
특히 대상물의 외양 묘사에서 벗어나 자신의 삶이 구현할
가치 체계를 되돌아봄으로써 사유의 영역을 확장해 나간
다. 이러한 깊이의 사색은 은유적 성취로 나타나고 있다.

이것저것 안 가리고 마음대로 보았다고

들은 말 못 삭이고 그냥 흘려 버렸다고

반 뼘의 그늘이 내린 내 얼굴을 보아라

어느새 서너 갈래 잔주름을 들여놓은

거울 속 한 여자가 자꾸만 낯이 설다

날짜가 지난 계약서, 잉크 몇 점 번져 있는
—「초상화」 전문

　　초상화와 자화상은 비슷하면서도 다르다. 사람의 얼굴
이나 모습을 그렸다는 점에서는 같지만, 누구를 그렸느냐
에 따라 의미가 달라진다. 초상화는 타인의 얼굴을 그린
것이지만, 자화상은 자기 자신을 그린 그림이다. 그렇다

면, 시인은 왜 자신의 얼굴을 응시하고 그리면서도 자화상이 아니라 '초상화'라는 제목을 붙여 놓았을까. 대체로 시적 자아의 자화상은 시인의 정체성을 의미한다. 그것은 삶의 연속적이고 순차적인 흐름에 따라 꿈틀거리는 인간의 본능적 욕구와 함께 사회적 책임과 역할까지 함의한다. 복잡다단한 세계에 발을 딛고 선 현대인의 초상은 물질주의에 함몰된 욕망의 그림자를 품고 있으며, 젊은 날의 꿈을 잃고 방황하는 추레한 모습일 수 있다. 따라서 시인은 자신의 주관적인 시선이 아닌 객관화된 시선으로 자신을 온전하게 들여다보려는 노력으로써 '초상화'라는 제목을 붙인 것으로 이해할 수 있다.

배인숙 시인의 「초상화」에서 볼 수 있는 자아의 외피는 "반 뼘의 그늘이 내린" 얼굴을 하고 있다. 그 이유는 "이것저것 안 가리고 마음대로 보았"기 때문이며, "들은 말 못 삭이고 그냥 흘려 버렸"기 때문이다. 거기에는 '물불 안 가리고 살아온 생활자'로서의 모습과 '세상과 타협하지 못하는 고집쟁이'의 삶이 투영되어 나타난다. 그 결과, "어느새 서너 갈래 잔주름을 들여놓"기에 이르렀다. "날짜가 지난 계약서"처럼 젊은 날의 이상이 사라진 현실, 신산한 삶의 이력이 '잔주름'으로 나타난 "거울 속 한 여자"가 "낯이 설" 수밖에 없는 까닭이다.

시인의 이러한 자기 응시는 그 외 다수의 시편을 통해서도 발현된다. "집이 무어길래/ 평생 지고" 살면서 "오늘도 메마른 땅을/ 목을 늘여가는 나"(「달팽이」)이거나 "공중을 가로질러/ 하늘길을 끌고 가"지만 "줄에 매달려/ 벗어날 수 없는 새"(「케이블카」)와 같은 존재로서, "디지털 홍수 속에 빠져서 허우적대다// 쉽고도 가까운 길 눈앞에서 다 놓"친(「내 이름은 컴맹」) 이름이기도 하다. 이처럼 시인이 진단하는 자아의 모습은 부조리한 현실 안에 갇혀 있거나 빠르게 흘러가는 시대에 뒤처진 불완전한 존재이다. 따라서 「초상화」가 그리는 세계는 세속적 현실 너머의 이상세계를 꿈꾸고 있다 할 것이다.

말씀도 적으시고 친구도 별반 없이

한걸음 나앉은 채로 외롭던 울 아버지

여기서 무슨 소원을 오래도록 빌었을까

열흘 붉은 꽃 없어도 백날 피는 마음 있어

다 타도 불씨는 남아 당신 그늘 뜨거운데

접질린 무릎 세우던 근육들이 꿈틀댄다
　　　　　　　　　　　　　　　　—「목백일홍 아래」 전문

배인숙 시인의 자기 진단은 기억의 소환을 통한 현재적 정서와의 결속으로도 나타난다. 시인의 기억은 주로 아버지와 어머니의 이미지로 소환된다. 그 대표적인 사례가 「목백일홍 아래」라 할 수 있다. '목백일홍'은 더운 여름에 붉은 떨기로 된 꽃을 피우는 '배롱나무'의 또 다른 이름이다. 그러니까 '목백일홍'은 "열흘 붉은 꽃 없어도 백날 피는 마음"을 가장 잘 대변하는 자연 대상인 셈이다. 그 나무 아래에서 화자는 '소원을 빌던 아버지'를 추억하며, 어느새 부모의 자리에 서 있게 된 자신을 발견한다. 부모라는 존재는 자신을 세상에 태어나게 해준 존재의 밑바탕이자 자신의 오늘을 만들어준 든든한 버팀목이다. 시인에게 있어서 부모라는 존재는 죽음으로 소멸해도 그 존재감은 사라지지 않는 법이다. 부모님의 여러 가르침과 보이지 않는 음덕陰德 덕분에 화자도 부모의 마음자리를 지켜갈 수 있는 것이다. 세상의 온갖 풍파 속에서도 "접질린 무릎 세"울 수 있는 원동력이 "당신의 그늘"이며, 그리하여 "땡볕에도 당당하게/ 고개를 들고 있는" "잘난 꽃"(「저 배롱나무 보소」)으로 우뚝 설 수 있는 배경이 되어 준다.

이러한 부모의 이미지는 "어둠을 지운 골목길"에서 "뜬눈으로 서 계시"(「가로등」)는 아버지 또는 "먼지를 대신 먹어가며 살뜰히도 챙겨준"(「공기청정기, 엄마」) 어머니의 모습으로도 형상화된다. 아버지와 어머니로부터 대물림된 내리사랑은 "피와 살을 나눴다는/ 그 말을 알"(「연중무휴」)게 하고, "이 세상의 부모 마음 다 같은 마음"(「춘천 바람」)이란 보편적 인식을 끄집어내며 자식에게로 이어진다. "바람 찬 바깥세상 옹송그리는 어린 자식들"을 위해 기꺼이 '바람막이'(「더껑이」)가 되고자 하는 것이다. 이러한 가족애의 정서는 빈센트 반 고흐의 그림 '감자 먹는 사람들'을 조명한 「저녁 식탁」이나 "퍼붓는 폭탄 속에 가족을 잃어버린"(「돈 크라이, 우크라이나」) 사람들에게까지 시선을 확장한다. 사랑이라는 보편적 정서는 개인의 차원을 넘어 인류 공통의 것이라는 사실을 웅변하는 것 같다. 이처럼 기억과 결속된 자아의 현재는 과거라는 디딤돌 위에 굳건한 오늘을 건설하기에 이른다.

헛말의 소나기와 땡볕의 회초리에
수 없이 귀를 막고 울음을 삼켜내야

비로소
사과 한 알이
제 이름을 얻는다

붉어질 때를 알고 바람이 다녀가고
사랑도 어지간히 단물이 배일쯤에

익어서
그리운 열매가
내 손안에 안긴다

—「홍옥을 따며」 전문

상처 없는 영혼이 어디 있으며, 흔들리지 않고 피는 꽃이 세상 어디에 있으랴. 「홍옥을 따며」는 "사과 한 알이/ 제 이름을 얻"기까지, "익어서/ 그리운 열매가/ 내 손안에 안"길 때까지의 삶의 여정이 고스란히 녹아 있다. 사과 한 알이 열매를 맺어 탐스럽게 익어가는 것은 우리 삶의 과정과도 같다. 누구나 살아가는 동안 온갖 풍상과 희로애락을 겪는다. 하나의 결과를 얻기 위해서는 수많은 역경과 고난을 이겨내야 하는데, 그러기 위해서는 희생과 헌신, 피나는 노력이 필요하다. 각고의 과정을 겪어낸 '홍옥'은 화자의 '오늘'이자 시인의 자화상이라 할 수 있다. 이러한 인식은 "달가운 단비만 먹고 나무들이 컸겠는가"라고 자문하는 「재래시장 숲」에서도 엿보인다. 이는 "제 몫의 햇살 한 뼘, 그만큼의 비바람에// 더러는 생가지가 꺾이기도 하는" 것이 우리의 삶이라고, 그런 역경을 이겨낸 삶이야말로 결실의 기쁨을 맛볼 수 있다는 에피그램을 독자들에게 전해주려는 의도로 읽힌다. 이처럼 시인은 자신의 현재와 자아를 응시하며 유토피아적 이상에 가닿기 위한 성찰과 관조의 단계로 나아가려 한다.

2. 사유로 빚어내는 성찰과 관조

사람과 사회 속에서 적립된 체험적 사실들은, 한 시인의 시 세계 속에 다양한 형태로 변용되어 나타난다. 온갖 희로애락을 경험한 후 얻게 되는 새로운 깨달음은 성찰과 관조의 경지로 이끄는 촉매제다. 성찰과 관조는 창조적인 미래로 가기 위한 일종의 '쉼'이라 할 수 있다. '시지프 신화'처럼 삶이라는 행위는 주어진 목적과 목표에 따라 똑같은 것을 반복 재생할 뿐이고, 새로운 것을 만들어내지 못한다. 따라서 우리에게는 쉼의 시간이 필요한데, 쉼은 '무위無爲'의 차원으로 승화된다. '무위'는 게으름이나 무기력, 공백이 아니라 고유 논리와 시간성, 언어 구조를 지닌 인간 실존의 찬란한 형태다. 그러므로 무위에서 빚어지는 성찰과 관조는 목적과 효용이 지배하는 세상에서 우리 삶을 편안케 하는 해독제이자 에너자이저가 된다.

엇모리, 자진모리 장단을 따라가다

굽이쳐 아스라이 가풀막 재 오를 때

점 찍듯
들이키는 숨
그런 향기 같은 것

오르막길 내리막길 인생 고개 몇 구비를

숨차게 넘어가다 쉰 목이 메어올 때

약속에
없는 숨결을

뉘 몰래 뱉는 것

—「도숨」 전문

   배인숙 시인에게 있어 시조를 쓴다는 것은 상처받은 자아가 그 상처를 치유하기 위해 쏟아내는 일종의 화학물질과도 같아 보인다. 삶의 난장을 쉼 없이 달려온 시인은 삶의 고빗사위에 이르러 잠시 숨 고르기를 시도한다. 그래서 '도숨'이 필요하다. '도숨'이란, 판소리나 민요의 긴 대목을 노래할 때 가사 중간에 관객들이 모르게 들이마시는 숨을 말한다. 즉, 소리 사이에서 호흡을 고르거나 소리를 길게 뽑아내기 위한 기술적 호흡법이다. 노래하는 중간에 호흡이 딸리거나 부족해질 때 장단이나 가락의 쉬는 부분에 도숨을 넣으면 소리가 끊어지지 않고 자연스럽게 연결되는 것이다. 질풍처럼 몰아치는 "엇모리, 자진모리 장단"의 삶은 얼마나 숨이 가쁠 것인가. 몹시도 가파르고 비탈진 고갯길을 오를 때, "점 찍듯/ 들이키는 숨"이 필요하고, "인생 고개 몇 구비를// 숨차게 넘어"갈 때도 "뉘 몰래 뱉는" 숨결이 필요하다. 이러한 숨 고르기를 통해 시인은 사유와 통찰에 이르게 되고, 이를 바탕으로 성찰과 관조라는 미학적 경지에도 올라서게 되는 것이다.

그믐밤 냇가에 앉아 홀로 듣는 물소리는

세상의 모서리를 둥글게 풀어낸다

서로가
몸을 낮추며
앞뒤 길을 살펴준다

누군가를 향하여 세운 날이 있다면

한밤중 물소리에 귀를 씻을 일이다

무채색
순한 경전이
가슴을 채우리니

—「물의 율격」 전문

배인숙 시인은 "산다는 건/ 군살을 버리는 일"(「다이어트」)이라며 삶의 여정에서 불필요한 것들을 덜어내기 위하여 사유하며, 이를 통해 자각한 것을 시로 형상화하는 데 공을 들인다. 시공간을 아우르는 깊이 있는 통찰의 본바탕이 되는 깊은 사색과 사유는 작품에 완숙미를 더한다. 시인은 "세상의 모서리를 둥글게 풀어내"는 '물소리'를 단순한 소리가 아니라 '물의 율격'으로 표현한다. 그것은 연속적이면서 반복적인 소리의 리듬이자 "누군가를 향하여 세운 날"을 씻어주는 '언어의 경전'이기 때문이다.

노자老子의 무위자연無爲自然 사상의 핵심도 '상선약수上

111

善若水'로 요약된다. 물은 만물을 이롭게 하고도 그 공을 다투지 않는다. 자신을 담는 그릇을 탓하지 않고, 제 모습을 그릇에다 맞춘다. 위를 탐하지 않고 항상 아래로만 낮은 자세로 흐른다. 바위가 막아서면 비켜 흐르고, 그래도 막히면 멈췄다 차고 넘칠 때 흐름을 계속하듯 억지로 거스르려 하지 않는다. 물방울 하나하나가 모여 연못이 되고 강이 되고, 먼지와 얼룩을 씻어 세상을 깨끗하게 만들며 모두가 바다에서 만나 한 덩어리로 어우러지는 것이 물이다. 이러한 물의 속성을 통해 이상적인 삶은 물 흐르듯 순리를 따르는 것이 좋다는 것이 '상선약수'의 의미일 것이다.

물의 지혜를 배우고 물의 덕을 본받으려는 화자의 태도는, "쏟아진 물만 먹고도 배고픔 전혀 없이// 기꺼이 온몸을 열어 그 무게를 받아 안는"(「스펀지를 닮다」) 스펀지에 마음을 기대기도 하고, '불순물'이 가득해 "물줄기 길목을 막고 붉은 등을 켜 드"는 "우리 사는 웅덩이"에서 「필터 갈기」를 시도하며, "웅덩이 깊은 저 속내 읽어볼"(「소沼」) 마음을 먹기도 한다. 이러한 시작 태도의 중심에는 의도하였든, 의도치 않았든 '물 흐르는 대로 살자'는 '무위자연'의 철학적 인식이 내재되어 있는 것이다.

빨간 불이 들어오자 긋고 가는 초침 소리
막이 오른 가설무대 절대치 시간 위를
우리는 연습도 없이
드라마를 연기한다

캄캄하고 좁은 속내 비집고 마주 앉아
맨드랍게 품어 안을까 뾰족하게 받아칠까
마음보 너덜하도록
몰아치는 소용돌이

한 발 놓쳐 뒤질세라 가쁜 숨이 턱에 차도
긴장일랑 풀지 말고 표정은 자연스럽게
맞물린 톱니에 갇혀
우리 모두 배우가 된다

—「생방송」 전문

"인생은 가까이서 보면 비극이고 멀리서 보면 희극"이
라고 찰리 채플린Charles Chaplin은 말했다. 채플린보다 훨씬
이전 사람인 윌리엄 셰익스피어William Shakespeare도 인생을
연극에 비유하곤 했다. 그는 자신의 희곡 「뜻대로 하세요」
에서 "온 세상은 무대, 모든 여자와 남자는 배우일 뿐이다.
그들은 등장했다가 퇴장한다."라는 대사를 남겼다. 또 「맥
베스」에서도 "인생이란 다만 걸어가는 그림자일 뿐, 한순
간 무대 위에 나타나서 무슨 말인지도 모를 몇 마디 대사
를 내뱉고는 무대 밖으로 사라져서 다시는 나타나지 않
는 초라한 단역 배우에 불과하다"고 일갈했다. 맥베스의
말은 막다른 골목에서 내지르는 절규다. 맥베스가 파국에
이르러서야 인생이 한 편의 연극이라는 것을 깨달은 것처

럼 사람들은 한창 자기 배역에 몰입해 있는 동안에는 그것이 연극인 줄 모른다.

사람은 저마다 페르소나를 쓰고 정해진 시간 동안 무대 위에서 각자의 역할을 수행한다. 어떤 사람은 권력의 자리에서 거들먹거리고, 어떤 사람은 계단 아래에서 굽신거린다. 운명론자들은 태어날 때부터 인생의 대본이 정해져 있어 배역을 바꿀 수 없다고 말하지만, 운명 개척론자들은 어떤 배역으로 살아갈지는 온전히 자신의 몫이라고 이야기한다. 배인숙 시인의 인생관도 셰익스피어나 채플린과 다르지 않은 것 같다. 가설무대 막이 오르면 "우리는 연습도 없이 드라마를 연기한다"고 한 「생방송」은 이를 잘 말해준다. 인생은 연극이되, 리허설이나 리바이벌이 없기 때문에 언제나 라이브 '생방송'이다. "한 발 놓쳐 뒤질세라 가쁜 숨이 턱에 차도" 시간과 환경이라는 '톱니에 맞물려' 배우가 되는 우리. 그 결말을 해피엔딩Happy Ending 또는 새드엔딩Sad Ending으로 이끄는 것 또한 우리의 몫이다. 결국, 인생의 허무를 극복해 낼 힘도 인생이라는 연극을 통해서만 얻을 수 있을 것이다.

3. 삶의 방향성에 대한 모색과 정립

카뮈는 부조리한 세상을 살아가는 것 자체가 의미 있는 태도라며, 이것을 '반항revolt'이라고 불렀다. 여기서의 '반항'은 현실을 뒤집는 혁명적 행위라기보다는 부조리 앞에서도 무너지지 않고 살아가겠다는 결연함이자 삶의 자세다. 주어진 삶 안에서 무언가를 해내고 이루기 위해 노력할 때 인간은 삶에 종속된 존재가 아니라 스스로의 삶을 선택한 주체가 될 수 있다는 뜻이다. 배인숙 시인 또한 '그럼에도 불구하고' 살아가겠다는 결연한 태도를 시적으로 탈환하고 재구성한다. 인간은 원래부터 불완전한 존재이며 홀로 걸어갈 수밖에 없다는 시인의 깨달음은 앞날의 불확실성 속에서도 묵묵히 자신의 길을 가겠다는 의지를 피력하기에 이른다. 이른바 삶의 성찰과 관조에서 방향 모색으로의 전환이다.

> 수 없이 골을 패던 물결이 잦아들어
> 애타던 무자맥질도 한동안 뜸했습니다
> 겨울은 길었습니다 말수를 줄였습니다
>
> 짊고 갈 것, 덮어 둘 일 안으로 삭이며
> 묵직한 산그림자 그대로 품어 안으니
> 말귀를 알아듣는 봄 이제야 오셨습니다
>
> —「아지랑이」 전문

시인이 그리는 밝은 미래는 "잔설 뚫고 나온 봄"(「줄탁동시啐啄同時」)의 이미지로 형상화된다. 봄은 추운 겨울을 견뎌낸 사람만이 누릴 수 있는 축복이자 선물이다. 그러한 봄이 시인에게도 다가오고 있다. 이번 시집의 맨 첫 장을 장식하고 있는 「아지랑이」는 시인의 삶과 문학적 지향

점을 잘 드러낸다. "수없이 골을 패던 물결"과 "애타던 무자맥질"의 시간이 끝나고 있다. "말수를 줄이"며 긴 겨울을 버텨낸 결과다. "짚고 갈 것, 덮어 둘 일 안으로 삭이며/ 묵직한 산그림자 그대로 품어 안"자 시인에게도 "말귀를 알아듣는 봄"이 온 것이다. 그런데 그 봄의 형태는 아지랑이다. 아지랑이는 봄볕에 따뜻해진 대기가 아른아른한 현상이다. 그래서 아지랑이 너머의 풍경은 흐릿하면서도 흔들리는 것처럼 보인다. 그만큼 시인의 봄은 선명하지는 않은 실체로 오고 있다. 이는 "열심히 살아가라고/ 제대로 찾아보라고// '마'까지 슬쩍 없고/ 매섭게 지켜보"(「오지 선다형에게」)는 시선과도 맞닿아 있다. 가짜들 속에 숨어 있는 단 하나의 '진짜'를 찾는 것은 어려운 일이지만 포기하지 않고 정신을 집중하면 불가능하지 않다는 당찬 마음을 엿볼 수 있기 때문이다. 겨울이 아무리 길어도 봄은 확실하고 분명히 온다는 사실, 시인은 그런 미래를 확신하고 있는 것이다.

이처럼 봄을 갈망하는 시인의 마음은 시집 속 다른 시편에서도 발견된다. "연초록 물결 위에 진달래 포말들이/ 산자락 덮치"(「파도꽃」)며 오기도 하고, "자연의 빛 물감 풀어" '사방천지에 천연 옷감을 펼쳐 놓'(「꽃사태 지다」)기도 하며, 급기야 '이 땅의 끈질긴 목숨'으로 승화되는 '쑥'의 모습(「봄은 쑥쑥」)으로도 표출된다. 이를 통해 배인숙 시인은 "저린 몸 담금질하며 눈밭 속에 홀로"(「매화」) 피어 있기를 갈구하며, 봄이 상징하는 신생과 재생의 생동감

넘치는 생명력을 자신의 삶과 작품 세계에 덧입히고 있다.

내 앞에 놓여진 길 피할 수 없다면

벼랑 끝 홀로 서서 온몸을 내던지리

허공을 끌어안으며 기꺼이 뛰어보리

나부대던 발길질에 앞섶 풀어 길을 열고

가쁜 숨소리도 푸근하게 안아 주리

설움도 한껏 부풀면 춤사위가 되리니
—「폭포 앞에서」 전문

'그럼에도 불구하고' 살아가겠다는 '반항적'인 실존의 삶을 천명한 시인은 '물소리에 귀를 열고'(「물의 율격」) 순명의 길로 나선다. 사람은 살아가면서 본성적으로 질서와 규칙을 원하고, 그 위에 필수불가결한 조화와 화합을 꿈꾼다. 그것은 태어나기 이전의 '존재하지 않음'에서 태어난 이후의 '존재함'으로 근원적 위치가 바뀌는 것과 같다. 현재에 준비된 것이 없고 약속된 미래가 없을지라도 확실한 규칙과 질서에 따른 조화로운 결정들이 때마다 일어나기를 원하는 것이다. 화자는 지금 '폭포수' 물줄기의 마음

117

으로 "내 앞에 놓여진 길 피할 수 없다면// 벼랑 끝 홀로
서서 온몸을 내던지"겠다는 각오로 그러한 조화로운 결정
을 하고 있다. 그 결정의 끝에는 "설움도 한껏 부풀면 춤사
위가 되"는 절정이 기다리고 있을 테니까. 이처럼 시인은
어두운 밤길을 홀로 열어가는 반딧불이처럼, 현실의 질곡
속에서 자라나는 절망을 딛고 희망을 노래하고 있다. 그
래서 시인은 어둠 속에서도 아침을 맞이할 수 있고, 벼랑
끝에서도 비상을 꿈꿀 수 있는 것이다.

　이러한 삶의 태도는 "자꾸만 높아가는 집착의 길"(「민
들레처럼」)을 버리려고 "일흔 번씩 일곱 번을 용서하라"
는 '비슬산'의 목소리에 "다 늦게 천둥벌거숭이 무릎 꿇고
앉"은 「바위」를 닮아있다. 그리하여 "혹여 누가 알아볼까
나를 걸어 잠근 공간"(「비밀번호」)을 활짝 열어젖히고 밝
은 미래로 나아가고 싶은 것이다. 자신이 속한 부조리 세
계와의 불화를 딛고 일어설 수 있다면, 우리는 이러한 타
인의 서사에서 자기 자신을 발견하고 사회와 역사적 맥락
속에서 자신의 경험을 새롭게 써 내려갈 수 있을 것이다.

북한산 고사리에 임금님표 이천 쌀밥

'너 없이 난 못살아' 밥과 나물 찰떡궁합 중매장이 고추장
도 발 벗고 나섰는데 반갑다 악수 나누며 남과 북이 환히 웃
네 고소한 맛 달큰한 맛 향도 짙어 깊은 맛 대표 선수 모두
모여 무치고 볶아내고 지지고 졸여 내어 고루고루 비벼졌네

118

언제쯤 어우러져서 동서남북 안 따질까

— 「비빔밥」 전문

안온한 조화와 화합을 꿈꾸는 시인의 바람은 '비빔밥'을 통해 구체화 된다. 이번 시집 속에 몇 편 안 되는 사설시조 중의 하나인 「비빔밥」은 대구와 반복이라는 리드미컬한 수사의 옷을 입고 더욱 맛깔나게 그려지고 있다. "밥과 나물 찰떡궁합"처럼 다양한 음식물의 조합인 비빔밥은 조화와 융합의 상징이다. 각각으로 떨어져서는 한 가지 맛밖에 낼 수 없지만 "고소한 맛 달큰한 맛 향도 짙어 깊은 맛 대표 선수 모두 모여 무치고 볶아내고 지지고 졸여내어 고루고루 비벼"지면 서로 뭉치고 어우러져서 누구도 흉내 내지 못할 기막힌 맛의 향연을 선사하는 것이다. "남과 북이 환히 웃"으며, "동서남북 안 따지"는 그날까지 '비빔밥' 같은 융화의 미래를 위해 시인은 "붓을 들고 열심히 구애"(「캘리그라피」)의 행위를 멈추지 않을 것이다.

이렇게 보면, 배인숙은 기억과 현재를 엮어 존재를 형상화하고, 그것의 의미를 성찰하며 실존적 질문을 던지는 시인이다. 그가 살려낸 가장 활력 있는 실존은 결국 우리의 생활 무대인 현실에 뿌리를 두고 있다. 그런 관점에서, 그녀는 세상의 온갖 존재들이 한데 어울려 부조리가 사라지기를 바라는 불완전한 완전주의자로서 우리 앞에 서 있

다. 그 말은 곧, 자신의 삶을 경영하는 생활인으로서 현실
에 발을 붙인 현실주의자이며, 그러한 현실에서 안온한
미래를 꿈꾸는 이상주의자의 풍모를 작품으로 구현하는
시인이라는 뜻이다. "잡힐 듯, 놓아줄 듯 애간장 다 녹이
고// 냉가슴 쓸어가며 기슭에 기댄" 채 "무작정, 무조건의
한결같이 좋기만 한"(「외사랑」) '시조'에 "지순한 마음"을
바친 그의 문학적 행보가 앞으로는 보다 더 활발해질 것
임을 믿어 의심치 않는다.